Histoires de chats

Merci

Je remercie toutes celles et tout ceux qui ont cru en ce projet
et m'ont permis de réaliser ce rêve.

Loi n°49-956 du 16 juillet 1949 sur les publications destinées à la jeunesse, modifiée par la loi n°2011-525 du 17 mai 2011.

Mentions légales © 2020 Amandine Crèvecoeur
Édition : BoD – Books on Demand, info@bod.fr
Impression : BoD – Books on Demand,
In de Tarpen 42, Norderstedt (Allemagne)
Impression à la demande
Dépôt légal : Décembre 2021

ISBN : 978-2-3224-0579-4

Ils m'ont enfin retrouvé !

Stupide lapin, reviens ici ! Mes maîtres seront contents de te voir décapité sur leur tapis.

…

…

Merde, qu'est-ce qu'il se passe ? Pourquoi je ne peux plus bouger ?! Mais bordel !

Au secours !

Aidez-moi !

Je suis pris au piège !

Venez me sortir de là ! Quelque chose me retient.

Il faut que je me sorte d'ici, personne ne se promène jamais là à part moi. C'est mon territoire et j'ai chassé tous les autres félins de la région... Je suis loin de chez mes humains en plus... Plus je bouge, plus je sens la prise se resserrer au niveau de mon arrière-train.

On dirait une corde qui me lacère de plus en plus et me coupe toute la circulation sanguine. Depuis combien de temps suis-je coincé ici ? J'ai faim, j'ai soif et j'ai très froid. Le sol est glacé et humide. Tout mon ventre est gelé et je n'arrive plus à me décoller du sol. Dans quel merdier je me suis encore fourré ! Tout ça à cause d'un stupide lapin !

Plusieurs heures sont passées et je n'arrive toujours pas à me défaire de cette entrave. J'ai creusé autant que j'ai pu, mais rien n'y a fait. Le soleil se couche et la température est en chute libre. Mes maîtres ne m'ont pas trouvé, pourtant j'ai tellement appelé que ma voix, elle, s'en va. Elle a de la chance, elle a pu enfin sortir de cette situation tandis que moi, je suis pris au piège.

Mais si je n'ai plus de voix, comment vais-je faire pour interpeler la prochaine personne qui va s'approcher ? Non, il faut que je sorte de là, bon sang, et vite ! Et pour ça, je ne peux compter que sur moi-même.

…

Des heures se sont écoulées, le soleil a laissé la place à la lune. Je n'arrive presque pas à dormir, il y a beaucoup de bruits effrayants, plusieurs animaux se sont aventurés jusqu'à moi sans même m'aider, dont le lapin que je pourchassais… Quelle ironie… Un renard est venu la queue entre les pattes me renifler aussi. J'ai eu peur qu'il me croque, mais non, il a sûrement eu pitié de moi et est reparti en courant, fier d'être libre.

…

La nuit va bientôt laisser place à l'aube, j'espère que la température va remonter afin de me réchauffer. Je suis gelé. Pourquoi personne n'est encore venu ? Mes maîtres s'inquiètent-ils au moins de ma disparition ? Ils me manquent… J'ai vraiment faim, je suis à bout de force, j'ai honte en plus : j'ai dû faire pipi, mais mes pattes arrières ne veulent plus bouger, je me suis fait dessus, je pue et je n'ai même pas l'énergie pour me laver. J'aurais besoin d'un grand nettoyage, tout le dessous de mon corps est couvert d'un mélange d'urine et de terre… Mais mon corps refuse de m'écouter, ma tête tourne et mon âme me quittent petit à petit.

Est-ce la folie ou j'entends quelque chose ? Je dois avouer que j'ai imaginé des sons durant des heures déjà, mais j'ai l'impression qu'on vient me chercher. Qu'il y a enfin quelqu'un qui a réussi à me retrouver ! Il n'y a jamais personne ici normalement… pourtant… Cette fois, le son me paraît plus proche, plus vrai… Mais oui ! C'est ma petite maîtresse ! J'essaie de crier, mais merde, ma voix n'est toujours pas revenue :

À l'aide !

Je suis ici !

Aidez-moi !

Viens, je suis ici !

Mes miaulements ne s'entendent pas… Je me déchaîne et utilise mes dernières forces pour enfin quitter cet endroit pourri.

Au secours !

Ici !

Je ne peux pas abandonner. Je suis désormais dans un trou (que j'ai moi-même creusé). Il faut qu'elle m'entende sinon je suis fini.

…

Oui ! Oui !

Oh, mon dieu, je pleure. Je n'ai jamais été aussi heureux de la revoir ! Elle pleure aussi, elle a eu peur. Elle s'approche de moi avec joie et empressement. Les joues rouges, les yeux remplis de larmes, mais un sourire rayonnant vient rendre son visage plus que magnifique à mes yeux.

J'ai donc été cherché, on ne m'avait pas oublié ! Elle ne me décroche pas, elle me fait mal en essayant de m'extirper de mon piège. Je m'en fou, je ne suis enfin plus seul ! Ses mains sont chaudes et tellement agréables. Elle me tient la tête, s'est assise à côté de moi. Je ne comprends pas pourquoi elle ne me détache pas. Elle continue à pleurer et son ami parle à quelqu'un. Je crois entendre mon maître. Il va venir ? J'espère qu'ils vont me sortir de là quand même… Son ami part, mais elle, elle reste. Elle me donne des caresses sur la tête en regardant toujours en arrière… Je la remercie, les larmes aux yeux, ma truffe dans ses mains réconfortantes et le souffle court, je peux enfin me détendre.

Nous avons attendu plusieurs minutes puis mon maître est venu, mon sauveur. Il découpe la corde qui me retenait, me prend dans ses bras et pleure également. On se retrouve à trois dans son engin roulant. La route me fait souffrir, elle est endommagée et je ressens l'impact de chaque trou dans mon bassin qui me semble fracturé. Malgré ça, je ne bouge pas, plus jamais je ne vais m'éloigner d'eux. Mes gémissements s'entendent malgré tout. Mes maîtres me parlent et essaient de me calmer. Ils m'emmènent chez la gentille dame aux chemises à notre effigie, à moi et mes amis chats. Elle me palpe, me fait mal, je le lui dis, elle me comprend et me rassure. Elle va me soigner, je dois me battre malgré mes forces qui me quittent et la douleur qui me tue. Je me dis que…je ne peux pas partir maintenant qu'on m'a retrouvé !

Mes maîtres s'en vont et me laissent seul dans cet endroit qui pue l'alcool désinfectant. Je pleure au début, mais encore une fois cette femme me cajole et prend soin de moi. Elle se munit d'une seringue et m'injecte un produit qui, au début me brûle, mais ensuite me transporte dans un monde de coton. Mes paupières sont lourdes, tout mon corps s'endort et enfin, je sombre dans le noir.

Elle reste à mes côtés toute la nuit jusqu'au lendemain, je le sais, car je me suis plusieurs fois réveillé à cause des douleurs. J'ai subi plein de piqûres, des tests et des manipulations, mais je savais que c'était pour mon bien. J'essayais donc d'être sage et de remuer le moins possible. Mes griffes sont restées sagement rentrées afin de ne pas blesser ma soigneuse. Je ne voyais plus mes maîtres, l'angoisse me prenait souvent une fois le soleil couché. Je ne faisais que cauchemarder… Je me retrouvais à nouveau dans ce bosquet, mon ventre couvert de terre humide et de ma propre urine… La gentille madame, lorsqu'elle m'entend, vient et me caresse la tête, remet une couverture sur et sous moi.

Les journées et nuits se succèdent. Après avoir vécu un enfer et vu la fin de ma vie plusieurs fois défiler devant mes yeux, je suis enfin de retour chez moi.

Hélas, ce n'est pas encore la grande forme. Mes fesses ne me répondent pas encore entièrement et je tombe souvent. J'imagine que c'est pour cette raison qu'on m'a enfermé dans la maison d'Estée. Estée est la chienne de la maison qui a un petit endroit rien qu'à elle. C'est assez grand pour contenir de grands animaux, je peux m'y mettre cinq fois en largeur dans cette prison de ferraille. Plusieurs coussins et couvertures lui sont laissés ainsi que des jouets et de l'eau. Moi, ils m'ont retiré l'eau et les jouets, ont rendu le tout plus plat et m'ont recouvert d'une couverture… Estée n'est pas contente, ce petit caniche roux n'aime pas vraiment partager, mais d'après elle, mon odeur empeste tellement qu'elle préfère ne pas se battre avec moi pour le moment. C'est pour cette raison qu'elle va dormir avec ses maîtres en haut, chose qui lui était interdite à la base. Elle avait pourtant tout essayé pleurer, hurler, s'enfuir, ravager le salon… Mais une fois que cette étrange chose grise a été installée dans la salle à manger, elle n'a plus jamais fait de caprices. Elle y rentre et sort quand elle le souhaite et se fait enfermer la nuit. Elle m'a avoué se sentir mieux là que dehors même si j'étais là pour la protéger. C'est une petite peste de princesse, mais on s'aime quand même. Plusieurs jours sont passés durant lesquels je me lamentais sur mon sort, enfermé dans cette prison, loin de ma liberté !

Isis, ma petite sœur, venait me narguer d'être libre. Elle me ressemble en ce qui concerne le pelage, mais l'intelligence et la force ne sont pas ses atouts. Mon accident est l'occasion pour elle d'enfin pouvoir prendre le dessus sur notre trio félin. Car oui, je n'étais pas seul dans cette maison. Il y a Estée ; Isis et Sparrow. Ce dernier est un chat roux peureux et vulnérable à souhait. Sparrow n'osait pas s'approcher de moi car je criais trop. De plus, il est jaloux car sa maîtresse s'occupe plus de moi que de lui malgré ses lamentations répétées.

Après mes mésaventures, plusieurs semaines plus tard, j'étais à nouveau au coin du feu, mes maîtres me donnant tout leur amour et moi, je leur rendais au centuple.

Je ne me suis pas présenté, je m'appelle Ulysse, je suis un chat mâle gris et blanc à la queue rayée – comme un tigre ! Je ne fais pas dans la dentelle, je pèse 6 kg (de pure beauté) et j'adore manger et chasser. Ma passion : traquer les souris et les oiseaux, mais je n'aime pas les mordre eux, leurs plumes sont désagréables en bouche et ça colle ! De plus, mes maîtres n'aiment pas du tout quand j'en rapporte. Lorsque ce sont des rongeurs, ils sont aux anges et me félicitent, mais, avec les volatiles, ils sont toujours plus apeurés. Ils crient et tentent de me le reprendre chaque fois que je ne l'ai pas tout à fait tué… J'essaie donc de ne pas trop les contrarier ! Je suis leur chasseur, leur peluche, leur ronron, leur chat fidèle, mais qui aime découvrir les autres maisons. Les voisins de mes maîtres m'accueillent avec un plaisir fou, peu importe le moment de la journée. Ils débordent d'affection et me nourrissent allègrement. Je passe plusieurs heures sur leurs étagères à récolter un tas de choses que je ne reçois pas de la part de mes maîtres. Cependant, eux ne gagnent pas mes trésors durement obtenus à la sueur de mes pattes.

Vous me cernez donc mieux désormais. Je vais vous présenter ma famille, car je sais que vous êtes très curieux et que vous aimez fouiner partout.

Ma famille se compose de trois humains principalement (les autres viennent de temps en temps). Le premier est un grand homme à la voix grave et aux gestes brutaux, mais dont la tendresse (certes bien cachée) est inégalable. Le deuxième est une dame au petit soin qui me nourrit, m'appelle et me félicite lors de mes rentrées de chasses. Enfin, le troisième est une petite demoiselle qui aime les animaux et nous colle même lorsqu'on ne le souhaite pas. Cette dernière est la maîtresse de Sparrow, le minet dont je vous ai parlé tout à l'heure.

Malheureusement, je suis obligé de partager ma modeste maison avec d'autres animaux comme vous l'aurez compris. Parlons d'abord du chien. Elle est la petite princesse de la dame qui nous nourrit, mais celle-ci ne nous oublie pas pour autant. Estée reste la plupart du temps couchée dans le fauteuil ou au-dessus de celui-ci et ne nous ennuie pas trop. Elle nous vole de temps en temps des souris pour les déchiqueter dans le divan… ce qui le pourrit ! Quel bonheur ! Les humains comprennent que nous n'y sommes pour rien et l'engueulent elle. Ils leur arrivent donc d'être intelligents, ouf ! Estée nous accueille souvent violemment même si ces derniers temps, elle s'assagit (encore heureux). Son corps commence à la faire souffrir et ses dents moisissent à en croire l'odeur qui émane de sa gueule.

Ensuite, j'ai ma stupide sœur qui aime me narguer quand je suis en état d'infériorité comme lorsque j'étais enfermé dans la maison d'Estée. Isis est une grosse chatte grise qui s'imagine plus belle que moi et veut, à certains moments, se montrer plus forte qu'elle ne l'est. Elle est hautaine, car elle a été adoptée avant moi dans cette famille et que moi on essayait de me filer à quelqu'un d'autre (d'après elle). Mais je lui fais mordre la poussière à tous les coups, donc je m'en fiche ! Même si mes maîtres me font la morale de temps en temps, je reçois de toute façon des caresses et presque plus d'attention qu'elle ! Et oui, je me permets de lui voler les meilleures places au coin du feu, dans le salon et sur les canapés au côté des humains.

Ensuite vient le petit rouquin toujours malade et amoureux de la jeunette. Ce fou pense que la fille est sa maman. On ne peut rien dire sur elle et encore moins s'en approcher. J'ai de la chance, il est soumis à un point que vous ne sauriez imaginer. Cette famille m'a donc sauvé pour la deuxième fois lorsque j'ai été pris au piège. Apparemment, j'ai eu chaud aux fesses et je m'en suis sorti indemne par miracle.

Ma vie se déroule pour le mieux depuis. Je suis le dominant, dans la maison, mais aussi à l'extérieur. Mon territoire est grand et les chats de la région le respectent vu que je pèse sacrément lourd et que malgré les conflits, mes deux acolytes m'aident de temps à autre afin de prendre le dessus sur certaines bandes de voyous.

Que je suis heureux d'avoir retrouvé ce beau monde et ce petit train-train quotidien ! Je ne remercierai jamais assez cette gentille dame qui est restée à mon chevet et ma petite maîtresse qui a pu me retrouver dans ce bosquet.

Au final, que c'est bon d'avoir une famille sur qui on peut compter à chaque moment de sa vie.

Qu'est-ce que j'ai fait ?

Ma maman est très gentille, elle me lave toujours et dit que mon beau pelage roux doit sans cesse être brillant pour que nos humains soient contents et nous gardent.

Plus les jours se suivent, plus les règles s'ajoutent ! Mais, ces êtres à deux pattes et sans poils ne sont pas systématiquement gentils envers nous. On a marché sur mes pattes, ma queue, on m'a frappée et donné un coup de pied dans le bassin… J'ignore ce que j'ai fait de mal et je ne peux donc pas deviner quoi faire pour ne plus subir ça à nouveau. Ils me terrorisent.

Ma mère a disparu un soir et n'est plus jamais revenue. Puis ce fut le tour de ma sœur et enfin de mes deux frères… Je pleurais toutes les larmes de mon petit corps. Je savais que maman m'avait dit de ne jamais faire de bruit, mais je ne tenais plus. Je ne voulais pas être seule, je n'aime pas ça et ma mère me manquait… Les humains criaient depuis le début, mais une nuit, ce fut plus fort et sur moi principalement. Leurs têtes s'approchèrent de moi, hurlaient, ils puaient… Je devais faire attention à mon hygiène, mais eux non. Ils me prirent par la nuque et me jetèrent contre le mur. J'avais une douleur fulgurante dans toute la colonne. Ils me tirèrent par la queue pour me ravoir près d'eux, mais je ne voulais pas ! Mes petites griffes n'agrippèrent rien sur ce fichu carrelage ! Ils me faisaient mal et j'avais peur. Je fis donc pipi (de peur) sur la main de l'un d'eux qui n'a pas apprécié et me coupa les moustaches. Je devais me défendre, pour ça, je sortis mes griffes pour les planter dans ses avant-bras. Malheureusement, prit d'une rage intense, l'homme m'arracha les griffes afin que je ne puisse plus jamais recommencer cette erreur.

Mon enfer dura plusieurs heures… Puis, plus rien. J'étais inconsciente.

Je me suis réveillée dans une caisse, ballotée et dans le noir. J'allais peut-être enfin être libre. L'obscurité m'oppressait et le bruit de plus en plus fort m'effrayait. La caisse était très petite ! J'avais peur de pleurer et de me faire battre, mais l'image de la mort imminente prit le dessus sur mes craintes. Je me mis alors à hurler toute la rage, la haine et la terreur qui me submergent.

Le vacarme cessa net et j'entendis des cartons se frotter entre eux et là, une gentille dame, avec les cheveux de la même couleur que mon pelage, ouvrit ma prison et me sourit. Je sentis directement que j'étais sauvée et qu'il ne fallait plus que je sois angoissée à l'idée des coups qu'on pourrait me porter. Tendrement, elle tendit les bras pour m'extirper de mon cercueil. C'est à cet instant que je compris que j'avais raison, car les seules attentions que je reçus à nouveau, ce furent des caresses et des câlins. Cette dame prit soin de moi malgré ce que les vétérinaires ont pu lui dire. Ils me donnaient une semaine à vivre.

J'ai désormais presque dix-sept ans. J'habite dans une maison au bord des champs, avec un terrain de chasse gigantesque et un autre chat pour m'accompagner. Il n'est pas très brillant, mais nous nous complétons à merveille. Il est la force et moi l'intelligence et la sagesse. Il m'agace de temps à autre, car à cause de son petit cœur et de son âme sensible, il invite de nombreux confrères à venir se nourrir chez nous…

Je suis la dominante, mais jusqu'à un certain point seulement.

Nos maîtres sont adorables. Il y a donc la dame qui m'avait sauvée, un grand homme et trois enfants. Malgré mon côté peureux et très caractériel, ils ont été tendres et patients avec moi depuis mon arrivée et de même jusqu'à ce jour. J'avais toujours une crainte, liée à mon passé, ce que je leur faisais comprendre par des morsures et coups de griffes. J'avais également mal à la colonne et cette douleur était parfois insupportable, au point qu'une caresse n'était que souffrance.

Ils m'ont sauvée plus d'une fois ! J'en ai vécu des mésaventures, à croire que j'étais maudite. J'ai été attaquée par des rongeurs, ce stupide matou, soi-disant mon acolyte, était parti flâner avec des chattes en me laissant chercher les récompenses semestrielles pour nos maîtres. J'avais donc suivi un rat jusqu'à sa tanière et là, envahie de toute part, ils me mordirent de partout. Je n'avais plus que très peu de peau et de force lorsque j'avais atteint la porte d'entrée de notre maison. Effondrée de soulagement et d'épuisement, mes maîtres ont encore une fois pris soin de moi et m'ont soignée jusqu'au bout !

Une autre fois, il y avait de vilains hommes en vert avec des bouts de métal bruyants. Le son était assourdissant et je voulais m'échapper, me réfugier chez moi. Cependant, ils étaient partout et certains étaient même accompagnés de chiens aux airs peu sympathiques. Je m'étais mise à faire le plus grand sprint de ma vie quand une chose m'a touchée. Quelque chose de froid, lourd et désagréable… Heureusement, j'étais dans mon jardin et mes cris ont alerté mes maîtres qui ont une fois de plus dû m'amener chez le vétérinaire pour me soigner. D'après leurs dires, une balle de chasseur s'était logée dans ma nuque et avait risqué de me tuer. À chaque fois, je regardais la mort en face avant de lui tourner le dos. Pas aujourd'hui très chère.

Mais voilà que tout se finit bien. Je ne sais pas ce que j'ai fait de mal à ma première famille, mais la deuxième m'a aimée jusqu'à la fin ! Mon heure approche, je le sens. Mon corps perd de son énergie et de sa fougue. J'ai vécu plusieurs péripéties qui font que je n'ai plus envie de me battre. Je n'ai pas su remercier assez mes maîtres pour tout ce qu'ils ont fait pour moi. J'ai fourni un effort considérable pour que chaque jour, ils sachent ma reconnaissance. J'espère qu'ils ne m'oublieront jamais, car moi, je leur dois la vie et la joie que j'ai pu ressentir durant ces dix-sept longues et belles années. Alors, vous, humains, qui avez pris patience et qui m'avez donné autant d'amour, je vous remercie du fond du cœur et je pars l'esprit léger et en paix.

Être sauvage, c'est cool

Je suis née dans une fratrie de cinq. Je suis la seule femelle. Je me suis fait marcher sur les pattes dès les débuts, coups de griffes et de mâchoire à gogo. Étant la plus petite en taille et n'ayant que peu de force, il était difficile pour moi de rivaliser.

Le fait de ne pas grandir ne m'a pas aidée à me faire respecter. Ma place était pourtant auprès de ma famille… Cependant, cela n'a pas été l'avis de ma mère qui s'éloigna car elle n'avait pas spécialement le temps de s'occuper de moi.

Les faibles doivent mourir pour que les forts survivent… C'est toujours triste cette devise (sauf quand j'attrape une souris, la plus faible se fait attraper et manger).

J'ai dû me débrouiller très jeune. Je n'ai pas souvent eu l'occasion de goûter à l'amour et au lait maternel. J'ai chassé très tôt, ou plutôt volé au début, étant donné que mes dents de chaton ne me permettaient pas de transpercer la peau d'une souris. Un insecte était déjà compliqué à tuer, alors vous imaginez bien… Les araignées me mordaient, certains trucs volants me piquaient… Je me retrouvais avec une patte qui gonflait ou une babine endormie qui me cachait la vue.

Un soir, je pleurais car j'étais tombée d'une poubelle et je n'arrivais plus à me relever. Emprisonnée dans ce tas de ferraille puant, je désespérais de voir mes dernières heures passées si tristement. Mes frères ne devaient pas être loin et j'espérais que l'un d'eux, peut-être Komanda, vienne m'aider. C'est le plus gentil de la bande. Il m'offre ses repas lorsqu'il n'en veut plus et me défend de temps à autre. Komanda est un gros chaton noir et blanc aux dimensions déjà imposantes pour son jeune âge, aux yeux vert tendre comme l'herbe.

Dvyniai et Klijai, eux, sont inséparables. Ils font les quatre cents coups ensemble. Ce sont deux matous noirs comme la nuit aux regards jaunes perçants. Les mêmes que notre père apparemment.

On continue avec Mouche qui ne se décolle jamais de mère… Il est maigrichon et n'a pas des poils partout… Pourtant, lui, il est épaulé par les autres. Je n'en discute pas plus, car la jalousie, c'est moche (tout comme lui).

Ensuite, l'indomptable Nuotykis qui n'a peur de rien, un chat gris roux tigré (qui me ressemble plus que les autres en termes de pelages) et qui est téméraire : il sort faire des excursions des jours avant nous ! Plus tard, il avait décidé de m'accompagner pour me faire découvrir les alentours, mais ne s'arrêtait pas si j'étais à la traîne. Il m'arrivait donc parfois de courir derrière lui afin de le rattraper après une chute ou une escalade plus compliquée pour moi et mes petites pattes.

Et enfin il y a Asaros, un pleurnichard tout gris qui va bien avec ses humeurs grises… Il veut suivre les deux inséparables, mais n'arrive pas à se lier avec eux, il se rabat soit dans les poils de maman soit auprès de Komanda.

Et je suis là, entre ces cinq garçons tous plus différents les uns que les autres... Je suis Drasa, jeune chatte blanche et tigrée. Ma mère était triste lorsqu'elle remarqua qu'elle avait une fille. La vie n'est pas évidente, mais pour les femelles, ça l'est encore moins apparemment.

Les premières paroles qu'elle m'a dites resteront gravées en moi : « Ne te laisse jamais prendre par d'autres félins, Drasa, ta vie sera gâchée et tu t'en mordras les coussinets. »

Nous les femelles, nous nous faisions agresser et nous n'avions pas une force équivalente aux mâles. De plus, une fois enceintes, nous ne pouvions plus vraiment nous protéger et nous devions nous nourrir pour cinq ou six, voire plus encore... Un véritable calvaire en soi !

Bref, les petites présentations faites, je retourne au présent. Je suis perdue, la patte tremblante et le coussinet ouvert. Je n'arrive plus à me déplacer. Aucuns de mes cinq stupides frères ne viennent me porter secours. Mes cris ont certainement alerté quelqu'un, car un bruit s'approche, les oreilles en arrière, le dos rond, j'essaie de paraître menaçante. Deux grandes paluches puantes me saisissent, me mettent dans un tissu plutôt douillet et me cajolent... Je n'y comprends rien.

Apeurée, j'essaie de ne pas me laisser faire, mais cette sensation est plutôt agréable. Je sursaute même suite à un phénomène assez spécial qui se produit au fond de ma gorge. Un ronron en sort et fait vibrer mes cordes vocales en même temps qu'une chaleur se disperse partout dans mon corps... Que ce contact est doux... Je ne peux pas me laisser prendre de la sorte. Maman aurait tellement honte de moi. Elle m'a toujours dit de ne me fier à personne sauf à la famille. Même si nous avons fait notre petit bout de chemin sans nous tenir la queue, nous restons dans une zone proche les unes des autres. Si l'un a un pépin, les autres sont toujours à proximité pour aider.

L'humain m'amène dans un endroit qui pue encore plus que lui. J'ai très peur, mais mon coussinet me fait tellement souffrir que j'en perds connaissance. Je me réveille avec deux truffes face à moi et... un tissu comprimant ma blessure. Cette horreur m'empêche d'avoir des sensations, c'est comme si j'avais perdu ce membre. Je vis un véritable cauchemar ! Je dois m'échapper de cette situation. J'essaie en voulant sauter et partir le plus loin possible, mais on me rattrape et me met dans une cage.

C'est seulement à ce moment précis que je remarque une douleur et une gêne au niveau de mon bas ventre, je vais renifler et avant même que j'atteigne l'endroit avec mon museau, mes moustaches rencontrent une atrocité. Il y a quelque chose dans ma peau. Une chose dure à l'odeur dérangeante. Je lèche et ma langue agrippe cette chose. Ce mouvement de ma peau et du plastique je cirais, me procure une souffrance lancinante. Je hurle alors toute ma misère, ma peur et mon désarroi… Je suis fichue, ma mère avait raison, ils sont tous abominables. Mon cri interpelle l'homme qui porte des lunettes et des gants. Il s'avance vers moi et me reprend, me pose sur le dos comme un vulgaire objet et examine ce que je viens de rencontrer plus tôt. Il parle avec le second et me replace dans ma cage, mais cette fois-ci en ajoutant un rond de plastique qui s'accroche à un collier mis à mon cou… Super, je ne peux même plus me laver. Même ma dignité est touchée. Je suis un lampadaire en prison… Personne ne doit me voir avec cette chose.

Plusieurs jours passent, je suis dans une pièce régulièrement ensoleillée, avec de la nourriture à volonté (je devine d'ailleurs que mon ventre a doublé de volume), mais il n'y a pas que ma graisse qui s'est amplifiée, mes muscles aussi se sont développés, je saute et cours bien mieux qu'auparavant. Les repas ne sont pas dignes des rats chassés, mais ils font l'affaire.

L'humain est très gentil avec moi et m'apporte énormément d'attention. Cependant, je me sens emprisonnée (et c'est tout simplement parce que c'est le cas). Une cage géante qui ressemble malgré tout à une cage en or avec fenêtre, nourriture, bienveillance tel un nid douillet. Cela reste une cage quand même, car je n'ai pas de liberté. Je demande souvent à sortir, mais il refuse. Même lorsque je fais des bêtises, il s'obstine à ne pas me laisser reprendre ma vie d'avant… Je pense qu'il s'est attaché à moi. Il paraît seul, je peux le comprendre. Vouloir être entouré a toujours été mon souhait de chaton, mais j'aime aussi vivre l'aventure ce qui n'est pas faisable avec lui… Il est pot de colle et dès qu'il s'absente, je profite pour échafauder des plans d'évasion.

Plusieurs mois se sont désormais écoulés, presque une année et je ne tiens plus. J'ai apporté tout l'amour que j'avais à cet humain, mais je ne peux plus rester. Je conçois que j'ai tout ce dont j'ai besoin pour vivre, mais j'aime l'idée de devoir survivre. Ma décision est prise. La liberté avant le confort !

Un jour, il rentre les bras chargés et ne ferme pas assez vite la porte d'entrée et je saisi l'occasion pour partir en courant, mais le grelot à mon collier sonne. Un regard en arrière me prouve qu'il essaie à tout prix de me récupérer, crie mon nom avec désespoir. Il est trop tard, je suis déjà hors de portée. Au revoir et merci petit humain, mais je dois maintenant vivre ma vie de chat et retrouver ma première famille. Nous n'étions pas félins pour l'autre.

Ma réapparition dans le quartier de ma famille ne se fit pas comme je l'avais imaginée, mère était morte, Asoros aussi. Les deux inséparables étaient partis. Komanda m'a tout raconté. Il a mis plusieurs minutes avant de me reconnaître. Effectivement, j'avais désormais le poil soyeux, des muscles parfaitement dessinés, une petite bedaine.

L'humain me manquait certains jours et mon confort encore plus surtout lors des hivers glacials. J'avais donc pris l'habitude de retourner chez lui lorsque le besoin s'en faisait ressentir : blessure, famine, froid ou simplement manque d'affection. Lui avait désormais compris que mon autonomie était vitale et il me laissait vivre ma vie tout en gardant sa porte ouverte pour mes retours imprévisibles.

Je veux un maître…

Je n'ai jamais été aimé. À l'instant où je me pose près d'une fenêtre, on me chasse. Lorsque je reste dans un jardin, que je me mets au soleil ou à l'abri, on me chasse. Au moment où j'essaie de me trouver un endroit plus ou moins chaud, on me chasse…

Je dois avouer que je ne rentre pas dans la catégorie des plus jolis chats. J'ai très souvent du sang séché sur ma patte arrière gauche, j'ai une blessure depuis un an qui ne se referme pas. J'ai un bout d'oreille droite déchirée, mais aussi des saletés généralement dans les yeux, des moustaches tombantes, une odeur assez forte. Malgré la famine qui me poursuit tous les jours, j'ai de grosses joues qui font croire que j'ai une famille aimante qui me nourrit.

Avec cette apparence, j'inspire la peur à tous ceux que je croise. Les humains sont parfois ravis de voir un chat, alors, je m'approche d'eux, heureux d'attirer l'attention avec l'espoir de recevoir quelques caresses. Cependant, dès que je suis assez proche et que mon aspect est visible, ils s'éloignent. J'en ai entendu plusieurs dire que j'étais porteur de maladies et qu'il ne fallait en aucun cas me toucher. Ça me blesse toujours ce genre de paroles. J'essaie de me laver et me rendre le plus beau possible. Ce n'est juste pas évident quand notre seul refuge est le buisson plein d'épines déjà convoité par d'autres malheureux. Mes efforts sont considérables, mais les résultats sont pittoresques.

Je suis un chat pacifique et cela me porte préjudice à de nombreuses reprises. Je vous explique : la ville n'est pas loin niveau dangerosité derrière la jungle et les terres sauvages. Nous devons nous affronter et les plus faibles peuvent mourir dans leur coin. Chacun pour ses moustaches sans que personne ne viennent t'aider.

Je me fais, la plupart du temps, marcher dessus, je n'ai jamais été le dominant d'aucun quartier que j'ai pu côtoyer. Pourtant, j'en ai visité des lieux ! Je n'ai jamais été le bienvenu malheureusement et j'étais contraint de partir à la recherche d'un autre territoire avec un rêve en tête : trouver l'endroit où j'aurais ma place et je pourrais me poser sans me battre. Car je n'aime pas ça : frapper, sortir les griffes, blesser les autres… J'ai de la force, je suis doté d'une carrure bien développée (sûrement grâce aux longues heures de randonnées forcées que j'ai enduré tout au long de ma vie), mais en aucun cas je ne l'utilise pour de mauvaises raisons. Je ne me laisserai pas tuer pour autant, car je ne tue et ne blesse aucun de mes adversaires peu importe la situation. Une fois mis au tapis, mes agresseurs se retrouvaient écrasés par mon poids et ma force. Très vite, ils me laissaient m'échapper sans essayer de me poursuivre.

Je reprends donc le contrôle de mes pensées : je me laisse marcher sur les pattes au point que lorsque je tombe sur un bol de croquettes à l'abandon et que je m'en approche, si un chat me l'interdit, je m'excuse et je m'en vais. Je ne souhaite rien voler, mais par-dessus tout, je ne veux pas attirer les mésaventures ! Je suis assez malchanceux comme ça. Une blessure qui ne guérit pas me suffit. La souffrance est déjà assez insoutenable comme ça.

Je n'ai jamais connu la belle vie des chats de salon, au chaud, dans un nid douillet et avec autant de nourriture qu'ils le désirent. J'ai été recueilli une fois, lorsque j'étais chaton… Les humains m'avaient laissé longtemps seul et je devais uriner. Malheureusement, je ne l'ai pas fait au bon endroit et j'ai été éjecté d'un coup de pied aux fesses. Depuis, personne ne veut de moi. Pourtant, certains aiment les animaux. Ils nourrissent les chats errants comme moi et en soignent même quelques-uns… Mais j'ai l'impression d'être le fantôme oublié… Une fois tous les habitats visités, je change de quartier. Lorsqu'un matou me fait comprendre que je ne suis pas le bienvenu, je vais voir ailleurs. Dès qu'on essaie de m'agresser, je m'écarte pour trouver un endroit plus propice à mes besoins.

J'ai déjà découvert que certaines poubelles sont plus remplies que d'autres avec de meilleures choses, mais je ne suis généralement pas le seul. Ce qui crée, je le sais à mes dépens, d'énormes bagarres… Mais pas que : l'humain qui gère cette poubelle, peut également nous chasser à coups de balai, de pelle ou de fusil… J'en ai vu des morts… Chats, chiens, rats, souris… La vie n'est pas rose à la rue… Il y a aussi des humains qui crèchent dehors, sur le sol dur et froid. Je vais parfois me blottir contre eux. Nous nous réchauffons mutuellement. J'en avais suivi un durant quelques années… Mais il a fini par me semer et ne jamais revenir.

Au fait, j'ai plus de dix ans, je pense, et aucun humain ne voudra d'un vieux chat blessé et mal en point. Je n'ai plus confiance en ces gens. Ils m'ont fait souffrir sans songer à mes sentiments. Ou alors c'est simplement une barrière que je me suis construite afin de ne plus espérer de l'aide de leur part.

Je marche, comme chaque matin, dans le quartier où je réside depuis déjà pas mal de semaines quand tout à coup une voix criarde me parvient. Les oreilles en arrière, je me plaque contre le mur et vérifie les alentours. Cette humaine ne doit pas se trouver bien loin. Je dois analyser si elle représente une menace ou au contraire une opportunité d'avoir un peu de tendresse. Car même si je n'espère plus avoir un foyer chaud et douillet, je ne refuserai jamais la caresse d'une main tendre et chaleureuse.

Deux couettes rousses dépassent du muret de l'autre côté de la rue, puis deux yeux bleu gris, comme les miens, et ensuite, une chaise avec deux grosses roues poussées par une autre dame bien plus grande que celle assise dans cet engin métallique et bruyant. La petite m'interpelle et en même temps alerte la femme qui la pousse en me désignant du doigt. Qu'ai-je encore fait de mal ? Le truc roulant me fait peur, le doigt de la fillette et ses cris aigus me rendent perplexe… Je ne sais pas quoi faire.

La grande me porte un regard de dégoût, mais cède aux caprices de la petite pour tenter de me poser sur ses jambes. En s'approchant, je vois qu'elle fronce les sourcils et hésite un instant avant de me prendre dans ses mains. Elle remarque alors ma blessure qui s'est largement infectée depuis le temps que je la traîne. Mais je vois de l'amour et de la compassion dans ses yeux surpris. Malgré ce point peu ragoûtant, j'atterris sur les jambes de la fillette qui porte un sourire gigantesque sur son petit minois. Les yeux pétillants et toutes les dents visibles tant son sourire est gigantesque, elle m'adresse quelques paroles douces et me fait des caresses qui sont les bienvenues.

J'essaie de ronronner malgré les années passées à ne pas enclencher ce mécanisme. J'y arrive, mais je n'y parviens pas sans baver… La fillette rigole et m'essuie le menton. Son odeur est agréable, ses caresses aussi. Elle supplie la femme de me garder. Plusieurs minutes et regards plus tard, la grande dame accepte avec désarroi. J'ai enfin une famille ?!

Un tour dans un centre de soins et je ressors avec une patte en moins, mais une famille à qui je dois donner tout l'amour qu'il m'est possible de transmettre ! Je m'appelle désormais Spart, je suis enchanté d'avoir trouvé un endroit où passer les derniers instants de ma vie.

Je m'aime et les autres me le rendent bien

Tout le monde me trouve splendide. Je suis ce que les humains aiment appeler « écaille de tortue ». Je ne trouve pas que je ressemble à ces animaux larges, lents et totalement en manque de grâce, mais soit.

Mon pelage d'un noir d'encre recouvert de taches blanches et brunes prend parfois une couleur miel à tomber. Heureusement, mes poils ne sont pas trop long (ce qui est mieux pour ma toilette quotidienne). Il est soyeux et toujours propre (sauf quand un humain décide de venir me toucher juste après que je me sois lavée, jamais honteux celui-là).

Je suis grande et fine avec de belles pattes élancées qui ont su faire craquer tous les mâles que j'ai pu croiser. Aucun ne me résiste ! Je suis parfois un peu déçue de ne pouvoir avoir de progéniture. Si je pouvais choisir, je sélectionnerais Timon, le chat du bas du bâtiment, nos petits seraient merveilleux ! Il est d'un blanc parfait avec de longs poils soyeux, un vrai tombeur. Après quelques minutes de réflexion, je me retrouve toujours sans regret, car la grossesse gâcherait ce corps parfait !

Je ne peux pas m'aventurer trop loin de mon foyer. Je suis au premier étage d'un grand immeuble sans réel espace extérieur. Il y a peu d'animaux domestiques dans ce bâtiment, mais à part Timon qui vit chez une vieille du rez-de-chaussée et qui a un jardin rien que pour lui. Il y a aussi un chien agaçant et bruyant qui habite plus haut. Heureusement, Timon m'accepte sur son territoire et nous passons de bons moments ensemble sous un soleil réconfortant. J'ai de la chance de m'entendre avec ce splendide matou vu que je m'ennuie dans ma zone cent pour cent carrelée. Je n'ai pas beaucoup d'endroits pour grimper et mes humains ne sont pas souvent là pour s'occuper de moi (quand je le souhaite, bien entendu). J'ai deux jouets affreux qui pendent près d'une porte. Mais si mes maîtres pensent que je vais m'abaisser à chasser une souris en plastique, ils se trompent. Je suis digne d'une princesse, j'ai du charme et de la classe moi ! D'ailleurs tout le monde me le fait remarquer lorsque je pointe mon petit museau rose dehors.

Parfois, je me pose des questions sur les chats que j'observe. Quelle vie ont-ils ? Comment se nourrissent-ils ? Ont-ils un foyer ? Des gens qui les aiment ? Certains sont sales et blessés. Cela me fait toujours de la peine. Pour contrecarrer ces moments de blues, je me loge dans mon magnifique panier en pilou, matelassé et au rembourrage apaisant. Chacun mérite la situation dans laquelle il vit, pas vrai ?

Outre tous les chats que je croise, tous les humains aussi sont fous de moi ! Ce qui parfois m'exaspère véritablement. Ils me touchent avec leurs doigts sales, m'ébouriffent ou tout simplement me dérangent pendant ma sieste. Mais ils m'aiment et m'obéissent ! J'ai tout ce que je désire, j'ai de magnifiques paniers, la place de mon choix dans le fauteuil, le lit et dans chaque pièce de la maison. Que demander de plus ! Oh, si, peut-être un truc, que les humains se lavent les mains avant de me caresser ! Ce serait une preuve de respect. Je passe des heures à faire ma toilette tous les jours et ils viennent tout gâcher en l'espace de quelques minutes avec leur paluche dégoûtante.

Y a même un jour où j'ai voulu le faire comprendre à l'un des humains qui s'approchait de moi avec ses mains pleines de chocolat et d'autres douceurs collantes et répugnantes. Je me suis extirpée in extremis de son emprise sucrée et je me suis mise à trottiner. Ce petit homme n'avait rien compris et il a commencé à me suivre en essayant toujours de m'attraper. J'ai enclenché la vitesse supérieure pour lui faire faux bond. J'ai grimpé sur la balustrade du jardin de Timon et je suis redescendue sur le magnifique parterre de fleurs (rose et lilas, une odeur magnifique pour me faire oublier mon pelage sali).

Soudain, un bruit et un ronronnement m'interpellent, je pense que c'est mon ami qui vient m'accueillir et rire de mes déboires ! Mais ce n'est pas le cas : un horrible matou sort de sa cachette sous les sapins et s'avance vers moi en faisant le fier. Il bombe le torse et s'agrandit en se mettant sur le bout de ses pattes brunes de terre. Il lui manque une oreille et son œil est boursouflé. Autrement dit, il n'a aucun charme.

Il se rapproche et ne veut pas répondre à mes questionnements. Il montre ses canines, enfin l'un de ses crocs, il a dû perdre les autres dans une bagarre quelconque.

— Que fais-tu là, minette ?

— Je vais rentrer chez moi justement et vous ?

— Oh moi ? Je me délecte du soleil. Dis donc, je ne t'avais jamais vue fouler l'herbe d'ici avec tes jolis coussinets domestiques.

— Merci, enfin je crois…

— Mh, et tu comptes rester longtemps dehors ?

— Non, comme je le disais, je rentre chez moi. Donc si vous permettez…

J'essaie de m'en aller, mais il pose sa patte sur mon dos, ses griffes acérées sorties pour accentuer la pression. Je courbe l'échine pour tenter de me déloger de cette emprise. Dans l'affolement mes poils se hérissent pour me gonfler et lui faire peur. Rien n'y fait : il me plaque et m'agresse, me griffe les omoplates et me mord la nuque. Je saigne et je pleure, qu'ai-je fais pour mériter ça… Il faut que je rejoigne mon appartement au plus vite.

— Hey, lâche-la ! crie un enfant.

Les griffes entrées dans le sol, je vois enfin le bout du tunnel. L'emprise de sa mâchoire dans ma nuque ne se désamplifia pas et il commence à grogner pour éloigner cet humain qui a osé nous interrompre… Mais le petit homme n'hésite pas, au péril de ses mains sans protection, à se rapprocher et à essayer de nous séparer.

Les larmes aux yeux et à bout de souffle, je ne sais même pas comment le remercier. Une fois qu'il eut éloigné ce matou des égouts loin de moi, il me caresse et crie après ses parents. Des mots rassurants et doux complétés par son contact chaleureux commencèrent à m'apaiser.

Son père arrive en courant et me reconnait. En même temps, ce sont les voisins de palier. Ils me font parfois signe du balcon ou me donnent une friandise.

Enveloppée dans une couverture, je suis ballotée au rythme de la cadence des pas du petit. L'ascenseur ne fonctionnant plus depuis quelques années, je dois subir cette montée de la honte dans la cage d'escalier… le silence règne et seul le pas sourd contre la moquette vient le troubler.

Mon maître étant parti au travail, je me suis donc retrouvée dans l'appartement de mes sauveurs.

Très neutre et simpliste la pièce principale regroupe les fauteuils, l'écran ainsi que des tables et des chaises. Et dans un coin une petite table où l'enfant se dirige. Il me montre ses jouets qui sont bien rangés dans un coffre en bois aussi vieux que le monde et où les odeurs se mélangeent. Au loin, à l'opposé de là, la cuisine d'où l'odeur de pâtisserie s'échappe du four.

Une voix de femme appela le petit garçon qui me reprit et me serra fort en expliquant ce qu'il venait de faire.

Son père vient en renfort expliquer que j'étais dans une situation délicate et qu'il ne voulait pas assister à ce désastre et rester sans me porter secours.

Vu que mon maître ne rentrerait pas avant quelques heures, j'étais tolérée dans ce foyer. Ils n'avaient de toute manière pas d'autre choix…

Je n'osais pas bouger de peur de déranger ou de salir, car je me sentais sale, très sale et je n'arrivais malheureusement pas à me laver. Toujours sous le choc, mes membres ne me répondaient que rarement. Heureusement, la journée a été remplie de tendresse et de chaleur. Je suis restée pour ainsi dire toute la journée emmitouflée dans une couverture douillette près du feu avec, comme compagnie, le petit garçon.

Une fois mon maître rentré, je suis retournée chez moi. Retrouver le confort de mes fauteuils et sièges ainsi que la décoration somptueuse aux mille et un portraits de moi me réjouissent plus que tout au monde. Mon maître est photographe. Cela explique et excuse un peu ce trop-plein de clichés splendides de ma personne !

Après une visite chez le vétérinaire pour une simple auscultation, je sors saine et sauve de cette malheureuse rencontre. Quelques bleus douloureux sont restés une semaine ou deux. Mais je reste positive. Sans cet épisode désastreux, je ne me serais jamais retrouvée avec deux maisons. Lorsque le petit est en congé et que mon maître travaille, je passe la journée avec lui à jouer, à l'écouter et à le câliner. Cependant, je reste fidèle à mon maître chéri qui ne saurait se passer de moi. Comme quoi, il y a toujours une part de bonheur, peu importe le malheur vécu !

C'est mon siège !

Salut, moi c'est Max et voici mon frère Jacks. Nous étions deux chatons lorsque nous nous sommes retrouvés livrés à nous-mêmes.

Notre mère avait disparu et nous étions ses deux seuls petits. Heureusement, nous avions déjà cinq semaines lorsqu'elle s'est évaporée dans la nature sans explication

Je suis le plus beau. Mon frère ressemble à une petite chatte sans défense. Je suis la force incarnée dans tous les sens du terme. J'arrive à quémander de la nourriture, chasser rongeurs et volatiles, mais aussi à effrayer les autres félins de la région. À deux, nous sommes plus forts. Certes, Jacks est la cause de mes réussites, car il est mon ombre. Nous ne faisons rien l'un sans l'autre. Une équipe ne se divise pas ! On ne se dispute jamais pour rien. Chacun a sa part du butin de chasse et chacun a son ordre de sommeil (nous devons toujours garder un œil ouvert alors, on a des tours de gardes). Tout roulait à merveille. Mais… Il y a eu un malheur qui a chamboulé nos vies.

Lors d'un jour pluvieux et gris, mon pauvre Jacks a été enlevé par une petite fille qui nous nourrissait de temps à autre, dans le dos de ses parents. Jacks avait reçu une morsure à la mâchoire et ce n'était pas joli à voir. La plaie suintait vert, dégoulinante et puante, la chair continuait de se désagréger jour après jour. La fillette a eu pitié et l'a attrapé pour l'emmener avec elle. Étant resté en retrait pour monter la garde, mon cri n'a pas alerté assez rapidement Jacks et il se fit prendre comme un bleu. J'étais perdu. C'était la première journée que je passais seul, loin de lui. Je ne savais pas du tout quoi faire ni comment cela allait se terminer. Pleins de doutes et d'inquiétudes, je devais trouver une solution. Je faisais les cent pas sous l'allée de la maison qui donnait sur la porte d'entrée. Lorsque le soleil finissait presque sa course, la petite fille sortit de chez elle avec ses deux parents et Jacks dans une cage. Il pleurait et me cherchait. Ses cris de lamentation me déchirèrent le cœur. J'étais impuissant face à cette scène plus que désastreuse. J'eus le temps de le voir se faire embarquer dans leur engin roulant et partir loin de moi. J'avais commencé à courir après, mais ils allaient beaucoup trop vite pour moi. Je devais réfléchir et ne pas faire de bêtise. Je ne pouvais pas le perdre à vie. Je devais le sauver… J'avais donc cherché pendant son absence un endroit pour rentrer et le rejoindre dans la maison. Peut-être qu'ici, avec leur départ, je pouvais m'introduire chez eux et sauver mon frère !

J'ai passé plusieurs heures à escalader les murs, à chercher un petit espace où j'aurais pu me faufiler, mais je n'ai rien trouvé. Bredouille, je me suis recouché sous les buissons proches de l'entrée. Après une attente interminable, je perdais peu à peu espoir quand, tout à coup, le bruit de l'engin qui avait emmené mon frère se fit entendre au loin. Je devais me cacher et me préparer à rentrer pour ne plus être séparé de lui. Les humains ressortirent une fois la machine stationnée. La fillette portait la cage, mais je n'entendais pas Jacks. Je voulais l'appeler, mon cœur ne battait plus tant la tension était palpable. S'ils l'avaient amené ailleurs, j'aurais dû les suivre, mais je n'ai rien fait. Je suis resté ici. J'ai fait une erreur…

Le buisson est proche de leur porte d'entrée et lorsque la petite fille est passée devant moi et que j'ai repéré les moustaches et le museau rose de mon stupide frère, mon sang ne fait qu'un tour ! Tous mes sens en alerte, mes griffes prêtent à agripper le sol afin de mieux bondir, je ne réfléchis plus une seconde, car Jacks est encore là, avec eux. Il y a donc encore une chance que je puisse le secourir !

Les parents tiennent la porte de l'entrée ouverte le temps que la fillette passe les marches de l'allée et je saisis cette chance qui ne va pas se renouveler de sitôt. Je fis le sprint le plus rapide de toute mon existence !

Une fois à l'intérieur, il faut que je me trouve un endroit où me cacher et rester hors de portée des deux humains qui me poursuivent déjà en hurlant !

L'endroit est étroit et dénué de meubles, une porte est ouverte sur la gauche. Je m'y engage et je me suis retrouve face à un sol froid avec des murs blanc et brun foncé. Des meubles en bois et en métal s'élèvent ici et là. En un regard, je me rends compte que je suis fichu… Mais une lueur m'interpelle au fond de la pièce, il y a, à droite de la porte qui mène vers la pièce suivante, une grande ouverture. Je prends mon élan, saute sur le meuble face à cette espace ouvert et me sauve vers ce qui ressemble à un lieu de détente. Je tombe sur une chose rouge et douillette, molle qui pourrait être génial pour une sieste… Il est large et long, l'espace entre lui et le sol est assez grand pour que je m'y insère, mais pas assez pour que les humains m'y suivent. Je saisis cette chance, ne sachant pas si j'en trouverai une autre. Je transpire, je suffoque, je suis compressé et je n'aime pas ça, mais j'entends les humains s'approcher et râler. Une grosse tête apparaît face à moi et je ne peux m'empêcher de faire le gros dos en plaquant mes oreilles en arrière. Je garde les feulements qui manquent de sortir de ma gorge nouée afin de ne pas envenimer la situation. Mes yeux sont exorbités et ma gueule est tout de même ouverte ; les humains continuent de me fixer en réfléchissant à une solution pour me sortir de là-dessous.

La fillette rentre avec, toujours en main, la cage où Jacks est emprisonné.

— Nous ne pouvons pas garder deux chats ! s'agace la plus grande dame.

— Non, je suis d'accord, mais on ne va pas le laisser ici, répond le monsieur tout en retournant un regard vers moi, empli de pitié.

— Myrtille, pose la cage et aide-nous à attraper ce chat, ordonna la grande dame à la plus petite.

J'entends qu'elle s'exécute, je vois même mon frère qui apparemment a été drogué. Il relève les oreilles en m'apercevant et miaule un remerciement. La tête de la fillette ne tarde pas à passer dans mon champ de vision, je sens que ma cachette se déplace et la petite fille peut enfin m'atteindre avec ses mains. Je veux la griffe mais je n'ose pas, elle ne le mérite pas. Alors je me laisse faire. Une fois sorti, j'essaie de me dégager tant bien que mal sans blesser cette humaine qui me tient fermement. Malgré mes nombreuses tentatives pour rejoindre Jacks, je reste collé à son torse. Je pleure… Les humains remarquent alors ma ressemblance avec Jacks. Je me permets de leur signaler que je suis quand même le plus virile et le plus beau de la portée, mais ils ignorent mes lamentations et m'examinent.

—Il n'a pas l'air blessé, nous pouvons le remettre dehors.

—Tu ne crois pas que nous lui avons pris son ami ? demande la petite fille

—Ne dis pas de sottises, ces animaux sont froids et solitaires.

—Mais…

—Il n'y a pas de « mais » qui tienne jeune fille. J'ai bien voulu soigner ce petit bagarreur, mais nous ne servirons pas de refuge !

—Laisse-moi le nourrir au moins. Il est maigrichon et congelé.

—Si tu veux, mais dans une heure, il doit être dehors.

La fillette s'éloigne, passe par la porte précédemment fermée et me pose au sol en m'ordonnant de ne pas bouger. Je l'écoute attentivement tout en réfléchissant à un nouveau plan. L'odeur alléchante de poisson vient me faire frémir les moustaches ! Je ne peux refuser un si bon repas. Je mange goulûment tout en gardant un œil attentif autour de moi. Elle sort de la pièce pendant que je me délecte de ma gamelle et m'amène mon frère, elle nous ajoute une coupelle d'eau et une seconde remplie de thon frais pour Jacks.

Tu seras Tic et toi Tac, me dit-elle en me pointant du doigt. Tac, qu'elle prénom horripilant, c'est un bruit agaçant tac… Tic aussi d'ailleurs.

Les heures défilent rapidement entre caresses et jeux. Le père accepte de nous laisser là pour la nuit lorsqu'il comprit que je n'allais pas abandonner Jacks ici. Ce que l'humain n'avait pas pu prévoir c'est que nous allions apprécier et adopter la modeste demeure et les joies partagées en son sein.

Les adultes ne souhaitaient pas nous garder et avaient souvent une discussion houleuse avec notre petite maitresse. Car oui, nous l'avions adoptée tout comme elle nous avait sauvés. Après chaque dispute, la petite finissait en pleurs et venait nous prendre dans ses bras. Elle nous emportait avec elle dans sa chambre pour s'y enfermer.

Les parents ont réussi, une fois, à nous mettre dehors lorsque la petite était absente. Cette dernière a alors piqué une crise de nerfs comme nous n'en avions jamais vue et, pour notre plus grand bonheur, les parents cédèrent !

Depuis, nous vivons ici où le rez-de-chaussée nous appartient. Nous sommes devenus deux magnifiques chats de maison. Je reste le plus beau et imposant de nous deux et je suis heureux de pouvoir vivre aux côtés de mon frère même si Jacks veut parfois me dominer en me prenant ma place fétiche. Je lui pardonne, car à chaque fois j'arrive à le remettre à sa place de second et je reprends fièrement mon trône duveteux et moelleux à souhait.

Cette mésaventure n'aurait jamais pu se terminer mieux !

Je suis mon seul maître et j'ai des esclaves

Chaque humain a une odeur qui lui est propre. J'ai choisi le mien avec ce critère. J'ai toujours eu un flair sensible et rester dans une maison qui pue l'humain, non merci.

Le mien est propre sur lui, ne met pas trop de parfum, me nourrit allègrement avec de somptueux mets. Il suffit d'un miaulement et il rapplique, d'un regard sur mon bol et il me le remplit, d'une plainte et il accourt !

Le seul bémol : il m'ordonne de ne pas monter sur la table, de ne pas manger son plat qui semble pourtant si savoureux et de ne pas dormir avec lui quand il est accompagné…

J'adore ma vie de chat d'appartement.

Cependant, Monk, un chat de gouttière répugnant qui vient me demander de temps à autre mes restes m'interroge : « Pourquoi je vivrais bloqué dans un unique endroit à la merci de cet humain ? » Et cette question les amis, est une très bonne question en soi. Je n'ai pas vraiment d'attache à part ce collier rouge pomme et ce petit médaillon scintillant. J'ai des restrictions, certes, mais je ne souhaite pas me rabaisser à mendier comme ce chat de gouttière doit le faire. Devoir traîner dehors m'horripile encore plus que les ordres que je dois suivre. Malgré les quelques remarques, mon humain m'obéit au doigt et à l'œil je ne vais pas quitter un petit coin de paradis aussi parfait pour devenir tout maigre, sale et sans domicile.

Chaque matin, je reçois une gamelle de croquettes au thon et saumon. Durant le temps de midi, mon maître rentre de son travail et passe une heure à jouer avec moi, me nourrit cette fois-ci de thon ou de saumon frais et puis repart pour me laisser faire ma sieste de l'après-midi. Un véritable bonheur et un moment de paix jouissif. Je me réveille peu avant son retour et là, je reçois à nouveau de l'attention. Je me mets souvent près de lui, dans le fauteuil et je suis pouponné, cajolé et aimé. Que vouloir de plus ?

Je pense que ne pas obtenir ces attentions me manqueraient. Je n'ai jamais dû chasser et mes griffes sont assez courtes, car mon humain me les manucure une fois par mois. Mon pelage blanc comme neige ne tiendrait pas quelques heures dehors. Je déteste en plus l'eau alors quand il pleut… Pfiou, trouver un abri serait une question de vie ou de mort ! Quand je vois Monk trempé essayer de se réfugier dans des endroits peu efficaces… Avoir trop froid ou trop chaud, ne pas avoir de nid douillet ni de croquettes à volonté… non merci ! Il m'a demandé de choisir entre l'enfer ou le paradis !

Un chat de race ne s'abaisse pas à ce genre de choses…

Cette question me trotte tout de même dans la tête sans que même une boîte de thon ne puisse m'y détacher. Monk se demande peut-être pourquoi lui ne peut pas recevoir la même attention que moi. Il n'est pas si différent non plus après tout. Très civilisé, il ne mendie presque jamais et vient simplement chercher un compagnon pour discuter. Il ne demande même pas à venir se réchauffer près du radiateur lorsqu'il est frigorifié avec de la neige jusqu'à mi-pattes. Je dois faire quelque chose pour ce pauvre Monk. Je l'aide déjà en lui offrant de temps à autre les restes de ma gamelle, mais… Je dois agir !

Monk, ce bon vieux chat de gouttière qui est super gentil et docile a besoin d'un chez lui. Je suis certain qu'il me laisserait gérer les lieux à ma guise si je l'invitais à rentrer pour un temps plus long ou même indéfini. Mon humain est toujours à ma botte ; lui faire comprendre que Monk est mon ami et qu'il a besoin de nous, ne va pas être très compliqué malgré son intelligence moins élevée que la mienne. Ma décision est prise, je dois agir avant que les tempêtes de neige ne ravagent cette ville pittoresque. Personne ne prendra soin de lui si je ne m'en charge pas.

— Monk, tu es là ? Monk ?

Je crie à travers la fenêtre qui reste généralement entrouverte.

— Oui ?!

Il sort d'un buisson, je le vois avec un œil à moitié fermé… Encore une bagarre sûrement. La fenêtre n'est ouverte que très rarement et une protection m'empêche de passer. Je ne peux donc jamais sortir ma truffe. Cependant, Monk peut tout de même monter et me parler à travers l'espace laissé entre la vitre et le châssis.

— T'as des croquettes ? me demande-t-il affamé.

— Mieux que ça, j'ai un plan !

Le sourire aux babines et les moustaches frémissantes, j'étais incapable de tenir plus longtemps.

— Quoi ?

— Tu vas venir vivre avec moi, au moins un bon bout de temps. L'hiver arrive et tu ne peux pas rester dans le froid. Tu es vieux l'ami ! Je n'aimerais pas rester les pattes croisées à te regarder te geler dehors.

— Ne m'insulte pas ! Je suis ton aîné, je n'ai pas besoin de charité.

— Ce n'est pas de la charité, mais de l'amitié !

— Et qui te dit que j'aimerais me faire emprisonner ?

— Tu ne le seras pas. Tu pourras repartir quand tu le souhaiteras. J'ai entendu qu'il allait neiger, il faut qu'on te fasse rentrer…

— Je n'aime pas la neige, elle s'immisce partout et il fait trop froid… Je suis partant, mais alors, tu me promets de me faire sortir lorsque je l'aurai décidé ?

— Bien entendu !

Je suis ravi, je repars la queue haute et le port fier. Je vais avoir un colocataire et un deuxième esclave. C'est super !

Mon plan se déroule à la perfection, une fois que mon esclave est rentré, je miaule et l'invite à me suivre jusqu'à la porte fenêtre où gît Monk. Je dois avouer qu'il joue bien la comédie celui-là. Il gémit et met en évidence son œil amoché. Je pleure et gratte la fenêtre afin de faire comprendre à mon stupide humain qu'il faut l'aider.

Une fois que la pièce est tombée dans son cerveau vide, il se dépêche de prendre une couverture et de ramener Monk au chaud. Celui-ci me fit un clin d'œil de son orbite valide et ronronna. J'avais fait la bonne action de l'année… Voire la meilleure de toute ma vie. J'ai entendu l'humain parler à la soigneuse qui m'avait déjà ausculté plusieurs fois. Je rassure Monk lorsqu'il se trouve dans la cage pour le transporter jusqu'à elle et je lui explique que c'est pour son bien.

À son retour, il n'est pas très content, car un cône en plastique attaché à son cou l'humilie et me fait mourir de rire. Mais c'est pour son bien. Je n'ose lui avouer être déjà passé par là, mais je le réconforte quand même en lui laissant, pour cette fois-ci seulement, la place la plus douillette de l'appartement.

Que c'est bon d'avoir un compagnon ! J'espère qu'il restera après l'hiver et que toutes ces bonnes choses le feront changer d'avis !

Notes

Les deux premières histoires sont basées sur des faits réels.

Je mets à l'honneur mon tendre Ulysse qui est tout de même parti trop tôt suite à un énième accident avec une voiture ou un quad (merci au chauffeur de ne pas s'être arrêté). Ce gros chat rempli d'amour méritait qu'on parle de son histoire malheureuse. Je lui rends hommage en espérant qu'il ressent toujours tout l'amour qu'on avait pour lui.

La deuxième histoire est également véridique. Ce pauvre petit chat roux, Minouche, n'a pas eu une vie facile, mais on lui a donné tout l'amour qu'on avait. Elle nous l'a rendu en protégeant notre maison du mieux qu'elle le pouvait. Elle a passé 17 ans à nos côtés au lieu d'une semaine. Une battante, comme elle, méritait une place dans ce recueil. J'espère qu'elle a toute la tendresse dont elle a besoin là où elle est.